句集「新秋」

深見東州

たちばな出版

句集「新秋」

深見東州

序

金子兜太

東州さんが数年間に作られた一〇二一句から、無作為に良いものを、と一五九句選びました。

東州さんの多忙さはとくと承知のことだが、その日常が実に素直に書きとれていて、好感しました。

あの元気自在の仁とは思えない、鬱屈振りや弱気、そこに覗く《幼なごころ》などが詩だね。自由に書ける現代俳句の姿ですね。能の話がときどき入るのが、好《よ》き味付けになっています。

東州さんがパーソナリティを務めているラジオ番組に、ゲストで招かれたことがあり、自在な感性の人だという印象を持ちました。だから、外国、特にアジアでも広く活躍しておられるのでしょう。

その後、絵も描き、唄までやる人と知り、恐れ入りました。多能のエネルギー、羨まし。

序

「深見東州俳句集」草稿「新秋」をいくたびも見た。
初々しく　やさしく　浄められた。
俳句の一つ一つに　生れながらの心がこめられていた。
その清々しさを大事にしたい。

伊藤淳子《あつこ》

この果に何があるやらあたたかし

平成二十年十一月九日

句集「新秋」

生家なく故郷淋しく初詣

十日戎見世物小屋の蛇河童

案ずるより生むがやすけし初詣

初釜の畳の匂い青きかな

やる子なくもらう親なしお年玉

笑い初めこれは毎日やってます

寒空に帰りし母校小さかり

大げさに生きて万両少しの実

だからだから言い訳ばかり空寒し

結晶が図鑑のまんま雪は降る

雪の結晶消えず手にある旭川

夜は霞む雪はますます深まりぬ

雪のひま瑞々しさよ諏訪の杉

宮島に行く船中の日なたぼこ

ふわりふわり五重の塔が梅を見る

宮島の紅梅孤高いとおしき

降り積もる裏磐梯の雪の果

垣繕ふ母のお腹の子が待たる

病葉や灯りをつけて寝入りけり

観潮の船を遠目に鰡を釣る

せせらぎもうきうきしてる鯉幟

山頂に柳群生夏に入る

杉落葉踏めばぐぐっと身も沈む

渦潮や往く波が来て波を呑む

ごうごうと渦潮うなる靄の中

はるばるとニュージーランド菊若葉

晴久の名のとおり僕春が好き

枇杷の種何でこんなに大きいの

初夏が来たお湯が沸くまで丸裸

春霞煮えきらぬけど幸せだ

薔薇に棘猫に蚤あり刺されけり

人はヤゴ蜻蛉となりてあの世に往く

断崖に住む心地する樫若葉

インドでは神の御姿朧月

武者人形首ひっこ抜き泣かせたる

杜若イギリス人の家に咲く

夏足袋にわれ神主となりにけり

夏足袋に伊勢神宮の砂利が鳴る

茅の輪へと白い子犬もくぐらせる

和知川に形代流す夜明かな

形代が焦げて舞い飛ぶ鹿島灘

願いこめ形代命宿しけり

厳かな夏越の祓い花火揚ぐ

海原の波間夏越の祓いする

夏越祓いわれ失敗を恐れざり

蓮の花ああ遅かった散りにけり

草笛の桂小金治新しき

徹夜明け即座に秋が来て居りし

日も風も怒濤北京は秋となる

蝗増え天にも地にもここ富良野

本当にキチキチと鳴くばったかな

キラキラと星は近づく野分あと

濁流に魚手づかみ野分あと

ペリペリとトタン屋根飛ぶ野分かな

野外オペラなほ続きいる野分かな

秋の山紗羅の枯れ木に生命あり

よれよれになってばったり夷講

やや寒の立ち見三千薪能

柿の実は神のＤＮＡにして

風花や柳にかかるわが愁ひ

来年は俺も五十だずわい蟹

毛布蹴り右に左に悩み寝る

毛沢東生みし湖南の冬田かな

兵馬俑二千年立つ凍てふかし

寒茜空海の夢青龍寺

焼き芋手に始皇帝陵かけ登る

雨やんで札幌に降る冬の星

獅子舞の中を見たさに追いかける

凍蝶やお花になって生まれ来よ

凍蝶をつかんで投げたら羽ばたいた

雲割れて無造作に出る初日かな

ぶんと投げ独楽ばちばちと格闘す

屠蘇祝う三百人は弟子家族

昼下がり手鞠つく子もなき都

嫁が君いたふるさとの家こひし

あまりにも真っ赤な千両めでたかり

雪折れの木をいとおしむわが根気

下萌に象が座って鼻のばす

今一番輝いて春この私

最澄はいい人でした比良八講

甲賀者比良八荒に忍び寄る

流し雛水無神社の藻となりし

ご開帳私が生まれた日でござる

花筏鴨が割りゆく善福寺

アルプスの桜描きたし旅を恋ふ

風車両手に持って風を見る

わらにさす風車みなとまるとき

徐福見し蓬莱卯波これならむ

平常心はやなくなりし卯波かな

人ごみの中で汗ばむ今日孤独

八十八夜鴨の川風牽牛星

蠅叩き先歪みたるわが道具

蜘蛛の子が散って行ったぞ水鉄砲

田亀吾知らず知らずに年とりし

ナイル川生みの母なり冷たかり

四千の夏を過ごせしミイラかな

いつもいつも努力している蟻と吾

朝顔の赤き花食べ愛しみぬ

遊べや遊べ夏の日だまりわれ子供

太陽が実にこもりたる西瓜かな

盂蘭盆や我も仏もなかりけり

残暑ざんしょ気にせず進め葉書かく

大花火山下清今もあり

城壁を栗鼠駆けのぼる晩夏光

燕去る莫高窟の淋しさに

神様の空の爪痕弓張月

風に飛ぶ落葉とともに月が出る

満月や何だか淋しいだけですね

薪能「井筒」静かな月の宴

竹の春青くどっしり地に根ざす

木犀や恋の想い出オレンジ色

秋の暮バッキンガムの赤き騎士

芭蕉忌やシドニーオペラハウス前

初冬やパースの人はあたたかし

茎漬や男五十のわが命

座が白け冬の木立に目をやりぬ

木枯らしやこれがあるから磨くんだ

朴落葉見知らぬ落葉と重なりぬ

初春の空に元気と指で書く

木枯らしや五右衛門の声南禅寺

朝東風や鯒が出てくる風かとも

天神の社の風は東より

海に行き山に行きても東風に逢う

ばらばらの考えまとめ菜飯炊く

人様のために祈って凍えけり

とばせとばせ東風に向かって一生は旅

砂山を寄居虫がゆく砂の音

寄居虫やこの身もいずれ捨てるもの

行く春ややり直しまたやり直し

呼子鳥長生きしないといけないな

桃の花やぼったいから鮮やかに

桃の村夏にまた来る約束よ

関羽張飛我にも来たれ桃の花

囲炉裏端文殊菩薩や桃の花

文殊菩薩五台山より花が来る

ぶなの木に霜降り神はめざめたり

金色に光るぶなの木日は沈む

ぴんと張る糸から田植はじまりぬ

鮎の背にせせらぎのあと残りおり

わが恋を遠くうつして春の川

青柿や息をしているみたいだな

女の子蜥蜴嫌うが目はかわいい

憎めない男なりけり業平忌

とりモチのとどかぬニイニイ蝉を聞く

逆さまで鳴く蟬まなこ赤かりき

敗戦忌父は特攻だったんだ

能のあと夏星光る鹿島なり

月白の船を降りゆく舞子かな

月明や鴎が突然飛び去れり

落とし水こんな所に田螺どの

何もないそれが富良野の秋なのだ

空知川水とうとうとまさに秋

薄紅葉釧路湿原光り出す

秋の雲鶴が見ている飛び立つか

ハゲワシは枉神鶴は豊の神

富士山が紫色に秋深し

秋の声私は咳き込むばかりです

いまここに阿弥陀の浄土十夜粥

人様の念仏をきく十夜かな

立山の明けの明星初時雨

親兄弟酢茎のようなものですね

青春の紅葉の中の真如堂

この頃の激務布団に寝るは稀

山茶花がいっぱいに咲く夜明けかな

年々にわが初春は希薄なり

畦青む子供の自分に帰り居り

誰だって幸せ思ひ畦青む

畦青むなんだか今年よさそうな

畦青む蛙の目玉希望あり

畦青む地面も私も浮き立ちぬ

畦青むイギリスよりも濃く柔わく

白絣坊ちゃんみたいに本を読む

シャワーしかない豪州牧場落ち着かず

むせかえる湖畔の家族夏布団

いつのまに抱きしめてゐし夏布団

夏布団抱きしめるのが本当に好き

夏の海眺めて描いて歌いけり

甘い梅干口にふくみて本を読む

汗のまま腹出して寝る演能後

虫が好きだ命いっぱい楽しそう

西瓜番私一人に闇ふかし

聖徳太子定めた盂蘭盆今続く

盆の月踊る一遍なつかしむ

秋は不思議松の色がこんなにきれい

から松や龍の鱗に朝の露

さやけしや土偶が並ぶ部屋で寝る

縄文はさやけき時代八ヶ岳

長き夜に梅干ばかりつまみをり

蟷螂も富士を拝みて草に入る

蟷螂とわれ青空に斧を振る

羽黒山風の中なる温め酒

カーテンを開ければ朝だ露時雨

鬼やらひ私も追われ藪の中

儚さに暖房止めて深寝り

凩のまだらの山に鹿一頭

子鹿二頭凩に鳴くキョイーンキョイーン

神柱身に打ち立てし雑煮かな

御神酒は神とわれとがえらぎけり

白雲は心のしるし入学す

山を抜け川を抜けたる夏花摘

それからそれへ仕事は進む卯月曇

親の愛決然となる巣立鳥

心まで優しくなりし天花粉

弟妹とたたきあいたる天花粉

行き詰まる自分に気付く夕顔よ

縄跳びや心が描く孤に居りぬ

金閣寺緋毛氈にて濁酒

ばかな奴と思ひし人の寒修業

冬田ゆくチチハルの子ら小さかり

雪が降る濃いお茶を飲む稚内

遠き日の我が家なつかし寒かりし

門灯に木枯渦を巻いてをり

鹿垣をぐる知恵とは憎き奴

夜夜の月見る間もあらずもぐらわれ

咲く花も木の葉もすべて聖五月

あとがき

俳人は「廃人」に聞こえ、詩人は「死人」に聞こえ、歌人は「佳人」に聞こえます。そう考えると、歌人が一番いいと歌人岡野弘彦氏は言いました。詩人に言わせると、詩人は「思人」であり、俳人は「蝿人」であり、歌人は「蚊人」かも知れません。いずれにしろ、歌人はまじめな人が多く、俳人は洒脱な人が多く、詩人はまじめな人と、変わった人の両方がいます。

私の俳句の師である、金子兜太先生も、伊藤淳子《あつこ》先生も、大変洒脱で明るく、素敵な方達です。特に、中村汀女の弟子だった伊藤淳子先生とは、話せば、一分に一回は爆笑します。そういう先生だからこそ、俳句作りが長続きできたのです。

改めて、ここに、両先生に御礼と感謝を申し上げます。

この句集には、第一句集、『かげろふ』発刊以降に作った句の中から、敬愛する金子兜太先生と、伊藤淳子先生に、厳選していただいた句を収録しました。

自分では、全てがいい句や変な句に思えて、選べません。客観性がなくなるからでしょうが、どの句も自分の分身に思えて、いいとも思えるし、変だとも思えるのです。

ところで、第一句集『かげろふ』のあと、写真句集は五冊出版し、毎年、私の俳句と絵を載せたカレンダーを制作してます。また、私のラジオ番組で、毎週新しい句の解説をしています。この時も、ディレクターに選んでもらうのです。

俳句は作り続けていますが、本格的な句集は、これが二冊目となります。

ところで、俳句は十八歳から作り始めましたが、長いブランクがあり、伊藤淳子先生との出会いで再開しました。そして、いまでは、金子兜太先生の推薦で、現代俳句協会の会員にもなりました。そして、今年からは、自由詩も書き始め、戸渡阿見のペンネームで、詩集も三冊出版しました。

このように、定型詩も自由詩も小説も戯曲も書きますが、つくづくと思うのは、俳句でも詩でも短歌でも、大切なのは、第一は詩心であり、第二に言葉の意味が五十%、あとの五十%は、言葉の調べです。さらに、有り型のパターンにならない意外性があり、その人にしか詠めない個性と、その人らしい輝きがあることが大切です。そこに、芸術性を見出すのです。

これは、俳句や短歌を通して学んだことです。しかし、このことは、詩でも作詞でも、小説や戯曲でも、本質は同じでしょう。

話は変わりますが、私は、いろんなジャンルの絵を描く、画家でもあります。最初に絵の勉強を始めたのは、俳画や仏画、水墨画や日本画でした。それから、十年以上経って西洋画を始めたのです。

西洋画を始めて解ったことは、西洋画とは、何でもありの世界だと言うことです。必ずしも、キャンバスに描かなくてもいいし、立体やコラージュ、画材も何でもありで、びっくりしました。抽象画があり、キュビズムやフォービズム、シュールレアリズムあり、アクションペインティングもある。形をキッチリ描く必要もなく、巨匠ほど形は稚拙です。と言うよりも、形の奥の絵心を大切にするので、敢えてそう描くのです。

とにかく自由で、何でもありなのです。それが解り、西洋画が好きになって開眼し、次々と大作が描けるようになったのです。

この、私の絵画の開眼史は、そのまま詩と小説の、開眼史にもあてはまります。つまり、最近まで短歌や俳句など、いわゆる定型詩しか作ってなかったものが、文字数や季語の枠にとらわれない、何でもありの自由詩に開眼したわけです。その発端は、小説でした。小説を書くようになり、何でもありの文芸の楽しさを知ったのです。そこから、何でもありの自由詩の世界に醒め、西洋画のように、次々と書けるようになったのです。

こうして、自由詩も小説も自由に書けるようになりましたが、私の詩心の原点は、やはり十八歳から作り始めた俳句と、十八歳から夢中になった純文学です。そして、自由詩で解放された詩心で、また俳句を作って見ると、今度はなんと伸びやかで、密度の濃い俳句になることか。

厳密に言えば、詩や短歌の調べと、俳句の「切れ」はなかなか両立できないものです。それでも、私の詩心は、様々な詩型の遍歴によって、育っていると思うのです。

こうして、また俳句を作るのが、楽しくなって来ました。

なお、本書は句集ですが、『墨汁《ぼくじゅう》の詩《うた》』という、私の俳句と書と、水墨画の先生とのコラボレーションもあります。また、『おのれに喝!!』という書言集もあります。これは、私の一言の詩を、禅僧のように書道で書いたものです。そして、私の詩と、詩をモチーフに描いた絵を載せた、詩画集『明日になれば……メルヘン』というのもあります。

このように、私にとって、詩心と絵心とは、同じルーツのものなのです。すなわち、両方とも詩心なのです。

孔子が、教養とは「詩に興り、礼に立ちて、楽に成る」と言ったように、詩心は、魂の高貴な部分の表われです。だから、詩心が豊かであれば、芸術作品の創作範囲は、無限に広がるのです。オペラや歌曲やポップスを歌う歌手も、作詞や作曲をする人にも、歌心とは、音で表わす詩心であることを、是非知って頂きたい。

そして、この句集を読んで、俳句も楽しいものだなと、思ってくださる方が増えれば、これにまさる喜びはありません。

また、全ての芸術家が、詩心を豊かにするために、俳句や詩や短歌を、心から好きになって下さるよう、切に願うものです。

二〇〇八年十一月

深見　東州

第一句集「かげろふ」は、私が三年間で作った一千五百句の中から、四百句を選んだ句集です。そして、この第二句集「新秋」は、私が八年間で作った約一千句の中から、伊藤淳子先生が五十九句、金子兜太先生が百五十九句を選んでくださり、計二百十五句を編集したものです。

深見東州（ふかみ とうしゅう）

同志社大学経済学部卒業。武蔵野音楽大学特修科（マスタークラス）声楽専攻卒業。西オーストラリア州立エディスコーエン大学芸術学部大学院修了。創造芸術学修士（MA）。中国国立清華大学美術学院美術学学科博士課程修了。文学博士（Ph.D）。中国国立浙江大学大学院中文学部博士課程修了。文学博士（Ph.D）。カンボジア大学総長、人間科学部教授。中国国立浙江工商大学日本言語文化学院教授。その他、英国、中国の大学で客員教授として教鞭をとる。英国国立ロンドン大学東洋アフリカ学院（SOAS）Honorary Fellow。カンボジア王国首相顧問（オフィシャル・アドバイザー）。在福岡カンボジア王国名誉領事。アジア・エコノミックフォーラム ファウンダー（創始者）、チェアマン。オーストラリアン・オペラ・スタジオ（AOS）チェアマン。世界宗教対話開発協会（WFDD）理事。アジア宗教対話開発協会（AFDD）会長。

中国国家一級美術師、中国国家一級声楽家、中国国家二級京劇俳優に認定。宝生流能楽師、社団法人能楽協会会員。宝生東州会会主。「東京大薪能」主催者代表。その他、茶道師範、華道師範、書道教授者。高校生国際美術展実行委員長。東アジア美術交流祭会長。現代日本書家協会顧問。社団法人日本デザイナーズ協会理事。社団法人日本ペンクラブ会員。現代俳句協会会員。

カンボジア王国国王より、コマンドール友好勲章、ならびにロイヤル・モニサラポン大十字勲章受章。またカンボジア政府より、モニサラポン・テポドン最高勲章、ならびにソワタラ勲章大勲位受章。中国合唱事業特別貢献賞、西オーストラリア州芸術文化功労賞受賞。西オーストラリア州首都パース市、及びスワン市の名誉市民（「the keys to the City of Perth」、「the keys to the City of Swan」）。紺綬褒章受章。

西洋と東洋のあらゆる音楽や舞台芸術に精通し、世界中で多くの作品を発表、「現代のルネッサンスマン」と海外のマスコミなどで評される。比叡山天台宗在家得度、法名「東州」。臨済宗東福寺授名、「大岳」居士。ワールドメイトリーダー。130万部を突破した『強運』をはじめ、自己啓発書、人生論、経営論、文化論、宗教論、書画集、俳句集、詩集など、文庫本を入れると著作は230冊以上に及び、7カ国語に訳され出版されている。その他、ラジオのパーソナリティーとしても知られ、多くのレギュラー実績がある。現在は、週1本のレギュラー番組「さわやか THIS WAY」（FM・全国ネット）を担当。

2000年3月、第一句集『かげろふ』を上梓。

深見東州出演の人気ラジオ番組「さわやか THIS　WAY」＊はキー局

北海道放送《AM》(日)	am9：00～9：30	FM大阪(日)	am7：00～7：30
ふくしまFM(日)	am7：00～7：30	FM山陰(日)	am7：00～7：30
InterFM(日)	am7：00～7：30	＊FM山口(日)	am7：00～7：30
FM富士(日)	am5：30～6：00	FM香川(日)	am7：00～7：30
静岡放送《AM》(日)	am7：30～8：00	FM福岡(日)	am7：00～7：30
FM石川(日)	am7：00～7：30	FM長崎(日)	am7：00～7：30
FM三重(日)	am7：00～7：30	エフエム熊本(日)	am7：00～7：30
KISS－FM(日)	am7：30～8：00	FM沖縄(日)	am7：00～7：30

(090115)

句集「新秋」

2009年2月24日　初版第1刷発行

著　者　　深見東州
発行人　　笹　節子
発行所　　株式会社　たちばな出版
〒167-0053　東京都杉並区西荻南2-20-9
たちばな出版ビル
TEL　03-5941-2341（代）
FAX　03-5941-2348
ホームページ　http://www.tachibana-inc.co.jp/

印刷・製本　　共同印刷株式会社

ISBN978-4-8133-2187-3